www.tredition.de

AF186313

Heidemarie Kunze

Wer ist Der?

Gedichte für Menschen wie Du und Ich

www.tredition.de

© 2015 Heidemarie Kunze

Verlag: tredition GmbH, Hamburg

ISBN
Paperback: 978-3-7323-3358-5
Hardcover: 978-3-7323-3359-2
e-Book: 978-3-7323-3360-8

Printed in Germany

Das Werk, einschließlich seiner Teile, ist urheberrechtlich geschützt. Jede Verwertung ist ohne Zustimmung des Verlages und des Autors unzulässig. Dies gilt insbesondere für die elektronische oder sonstige Vervielfältigung, Übersetzung, Verbreitung und öffentliche Zugänglichmachung.

Dieses Buch widme ich den männlichen mir nahestehenden Personen. Meinen Mann, meinen Söhnen sowie meinem Enkelsohn.

Sie geben mir immer wieder die Impulse zum Schreiben.

Ich danke Ihnen für diese Anregungen.

Buntes

Der

Der ist Wer?

Wer ist Er?

Er ist Was?

Was ist Der?

Der bin ich!

Der wird ein Wir

Ich fühlte es schon früh, ganz tief in mir.
Das was da kommt, das wird ein Wir.

Mir ging es gut, die Kurven wurden runder,
ich ernährte mich bewusst und auch gesunder.

Die Zeit vom Sommer bis zum Frühling,
erfüllt vom Glück, so flugs verging.

Das Warten war vorbei, es kam die Zeit,
gleich geht es los, sei nun bereit.

Vergessen ist der Schmerz,
welch Glück an diesem schönen Tag im März.

Gut gebettet und mit kräftigem Ton,
liegen hier nun Mutter und Sohn.

Ich fühlte es schon früh, ganz tief in mir,
das was da kommt, das wird ein Wir.

Der Sinn

Wer oder was will das Menschenkind?
Ständig suchen nach dem Was sich sinnt.

Wer bist du und was willst du,
viel Arbeit oder lieber Ruh`?

Dem Stress des Alltags ausgesetzt,
mit Freunden chatten in dem virtuellen Netz?

Mit Kindern, Enkeln spielen
oder doch lieber beim Shoppen wühlen?

Bin ich zu dick oder gerade richtig so,
der Bauch zu rund, zu voll der Po?

Die Haare lang, kurz, blond oder braun,

lockig oder glatt, was soll ich mich trau` n.

Da frag` ich mich: " Wer oder was willst du
Menschenkind?"

Wonach suchst du, was ist der Sinn, der die
Entscheidung übernimmt?

Der rote Faden

Er zieht sich durch wie eine zähe Masse,
ich mich von ihm ziehen lasse.

Fortan nun folg` ich ihm,
er gibt mir vor, da soll ich hin.

Angezogen vom Anfang bis zum Ende,
folge ich ihm bei jeder Seitenwende.

Er leitet mich von hier nach dort,
erklärt, erzählt - führt die Gedanken fort.

Gespannt und wissend zieht mich der rote Fa-
den,
ohne ihn würd` ich keinen Text zu schreiben
wagen.

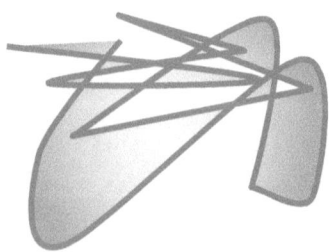

Der Geburtstag

Dir wird gratuliert, Geschenke überreicht,
das Lichtermeer mit den Jahren dem
Kronleuchter gleicht.

Mit der Geburt erblicktest du das Licht der
Welt,
jetzt wird die Zeit gezählt, das Jahr eine Zahl
erhält.

Vom ersten Lebensjahr bis zu einer Vielzahl
von runden Feiertagen, wirst du geehrt, die
Wünsche dir erfüllt, die Geschenke in Papier
verhüllt.

Gespannt in jungen Jahren, zählst du die Tage
bis zum Fest.
Kannst die Spannung kaum ertragen, so dass
man dich die Nächte zählen lässt.

Es kommt die Zeit der coolen Jahre,
ganz easy färbst du dir die Haare.

Gefeiert wird mit Freunden aus der Clique,
am besten dort, wo Niemand sie erblicke.

Über das zweite und dritte Jahrzehnt hinaus,
freut man sich auch wieder über das
Elternhaus.

Die eigenen Kinder nun an der Hand,
bist du nicht mehr so angespannt.

Kannst es genießen im Kreise deiner Lieben,
freust dich über alles was von früher geblieben.

Denkst an die ersten Kerzenkreise,
freust dich ganz still und leise.

Die Kleinigkeiten sind es die dir Freude
bereiten,
jetzt sind es reife Gedanken die dich belgeiten.

Voll Erwartung fieberst du den runden
Geburtstagen nun entgegen, denn du willst
möglichst viele davon erleben.

Das halbe Jahrhundert siehst du als Halbzeit
an,
dieses Fest hat einen besonderen Bann.

Danach sollen sich noch viele Runde zeigen,
bevor die Jahre sich dem Ende neigen.

Alle Zeit soll dich begleiten Sonnenschein, das
Glück in Händen halten dein.

Der Wunsch

Er ist nur ein Gedanke, der dich nicht ruhen
lässt.
Fest im Herzen, er sich in dich presst.

Eine Vorstellung, so müsste es sein,
noch nicht erreicht, wird er manchmal zur
Pein.

Erreichen willst du dieses Ziel,
mal braucht es Mut und Glück, mal gar nicht
viel.

Geäußert wurde er, verstanden wohl nicht,
mitunter zündet spät das Licht.

Ein Anderer kann dich nicht verstehen,
was soll er Gutes darin sehen.

Dann sind da noch die Positiven,
die egal was es ist, einfach alles lieben.

Doch nur du allein blickst dem sehnsüchtig
entgegen,
du möchtest deinen Wunsch und das Glück darin erleben.

Der Schwindel

Mal dreht er dich herum,
fällst leise einfach um.

Mal macht er dir was vor,
du spitzt ganz aufmerksam dein Ohr.

Egal Welcher es ist,
jedes Mal, du der Dumme bist.

Ob du nun umfällst oder rein,
der Schaden ist immer dein.
Er geht auf leisen Sohlen,
um dich irgendwann wieder einzuholen.

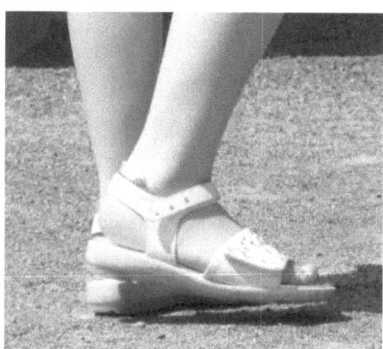

Sinnliches

Der Freund

Du lachst, du scherzt, du gehst gemeinsam
fort,
verstehst dich blind, brauchst keine Wort`.

Ganz selbstverständlich hilft man sich
und sagt: „Das mache ich für dich!"

Vertraut mit dem was dir gefällt,
ob Musik, Mode oder Geld.

Er weiß genau wie du dich fühlst,
geht darauf ein, damit du nicht so aufgewühlt.

Bist du einmal krank und fühlst dich gar nicht
gut,
ist er zur Stelle - macht dir wieder Mut.

Wird dir die Arbeit mal zu viel,
er ist da und unterstützt dich bis zum Ziel.

Auf ihn ist Verlass, egal wie, wo und wann,
er ist für dich da, dein dich liebender
Ehemann.

Der Augenblick

Wenn ich dir in die Augen seh`,

dann tut mir das Herze weh.

Gleich wirst du wieder geh` n

und ich bleib` in der Türe steh` n.

Die Hand aus dem Fenster gestreckt,

die Straße winkend entlang, schon bist du bist
weg.

Allein bleib` ich zurück,

im Herzen die Erinnerung an unser Glück.

Meine Gedanken begleiten dich auf jeder
Fahrt,

es ist jedes Wochenende wieder hart.

Den späten Anruf erwartend am Telefon –

Ich liebe dich -, ein Kuss, – das war es auch
schon.

Ich gehe ins Bett jetzt allein`

und wünschte mir, du wärest daheim.

Im Traum kann ich dich küssen,

doch Montagmorgen werde ich dich vermissen.

Tägliche Telefonate im Alltagsleben

sollen uns unserer Sehnsucht entheben.

Doch dann kommt der schönste Augenblick,

Freitagabend, wenn ich dir in die Augen blick`.

In der Ferne

Fern bist du mir und doch so nah,
ich vermisse dich sehr, doch es ist mir klar.
Mein Verstand sagt mir, es muss so sein,
doch meine Hand will fassen dein.

Fern bist du mir und doch so nah,
ich denk` an dich, doch meine Sehnsucht legt
sich nicht.
Mein Verstand sagt mir, das muss so sein,
doch meine Sehnsucht will fassen dein.

Fern bist du mir und doch so nah,
ich freue mich auf dich, doch eine Zeit dazwi-
schen liegt.
Mein Verstand sagt mir, das muss so sein,
doch meine Freude will fassen dein.

Fern bist du mir und doch so nah,

ich liebe dich, doch du bist noch so fern für
mich.

Mein Verstand sagt mir, das muss so sein,

doch meine Liebe will fassen dein.

Der Moment der Liebe

Der Moment, den Jeder kennt,
weißt nicht, was in dir brennt.

Du fühlst ihn ganz tief in dir,
du bist gespannt, fast wie eine Gier.

Du zitterst innerlich, es fährt dir in die
Glieder,
du möchtest es erleben, immer wieder.

Dein Verlangen wird ganz stark, fast
übermächtig,
du fühlst dich voll Elan und prächtig.

Was ist das nur, ein Innerbeben,
diesen Moment möcht` ich immer wieder
erleben.

Es ist der Moment, den Jeder kennt,
wenn die Liebe dir dein Herz entbrennt.

Der Tag

Er ist so vielfältig, gut oder böse.
Mal kommt er mit Demut, mal mit Getöse.

Er ist so bunt, lustig oder bitter,
mal kommt er mit Lachen, mal mit Gewitter.

Er ist so sonnig, trübe oder lau,
mal kommt er mit Freude oder Grau in Grau.

Er ist so freundlich, schwer oder seicht.
Mal kommt er mit Güte, mal mit
Boshaftigkeit.

Er ist so gesellig, einsam oder geballt
Mal kommt er mit Spaß, mal mit Gewalt.

Er ist so neu, nie alt, du kennst ihn nicht.
Er kommt immer mit einem anderen Gesicht.

Der Geistesblitz

Woher kommst du nur?
Ganz frisch und pur.

Wie ein Blitz so bist du da,
setzt dich vor das innere Augenbild ganz klar.

Bist nicht zu sehen, nicht zu hören,
doch überall zu spüren.

Er leitet dich ganz ohne eigenen Willen,
das Bild des Auges sollst du füllen.

Wie von Sinnen wirst du von ihm angezogen,
bist bereit, spannst einen weiten Bogen.

Nimmst ihn mit, setzt ihn um,
alles was du denken kannst geht nur darum.

Der Geistesblitz ist wie eine Tatenschranke.
Ist er schlecht sagst du: „ Nein danke".

Ist er gut, macht er dir Mut.

Der Trieb

Es rast das Herz,
das innere Beben fühlt sich an wie Schmerz.

Der Körper zittert unentwegt,
wenn deine Nähe mich erregt.

Das Verlangen dich zu spüren,
du sollst mich verführen.

Ich will es wieder und wieder erleben,
das unsere Sinne sich erregen.

Deine Hand streift meine Haut,
aus leisen Tönen wird es laut.

Aus der Lust ertönt, das Stöhnen,
lasse mich gerne von dir verwöhnen.

Der Gedanke

Verfolgen und begleiten kann er dich,

nur fassen kannst du ihn nicht.

Nicht sehen, riechen oder schmecken,

jedoch kann er alle Begierde in dir wecken.

Der Fröhliche, Glückliche, Nachdenkliche vor

deinem inneren Auge dich leitet.

Das ist der Gedanke, der dich begleitet.

Der Streit

Die Augenlider nieder geschlagen,
ich wage dich kaum zu fragen.

Du blickst mich an mit festem Blick,
erinnerst mich an unser gemeinsames Glück.

Die Erinnerung läuft vor dem inneren Auge ab,
welch innige Beziehung haben wir gehabt.

Fest hielten wir zusammen all` die Jahre,
nicht vergessen den Schwur
 – vom Altar bis zur Bahre - .

Doch jetzt gab es den Streit,
ich frage mich - ist er zum Vereinen bereit?

Wir sind doch eins in unserer Ehe,
ich dich auch ohne Worte verstehe.

Wann nur wurden wir so laut,
dass unsere Worte haben uns den Weg
verbaut.

Da nimmst du mich ganz unvermutet in den
Arm,
ich spüre deine Nähe, mir wird warm.

Der Kuss ist innig, ich schlage die Augenlider
nieder.
Streit will ich nie wieder.

Der Traum

Er kann dich glücklich, traurig, ängstlich oder
fröhlich machen,
dich zum Weinen bringen oder zum Lachen.

Er kann dich mit geschlossenen Augen,
des Tags mit offenen, der Realität berauben.

Er hält dich fest in einem anderen Raum,
es ist immer wieder der Traum.

Der Wimpernschlag

Viel schneller als ich zu denken vermag,
kaum bemerkt und doch so oft am Tag.

Er schont den Apfel, schmiert das Auge,
damit mir ein Körnchen das Licht nicht raube.

Blitzschnell und doch so wichtig,
ist dieser Schlag und das ist richtig.

Ich danke ihm für seinen Schlag,
denn ohne ihn, ich verzag.

Viel schneller als ich zu denken vermag,
begleitet mich stets der Wimpernschlag.

Der entscheidende Moment

Er ist nicht anzuhalten,
zu gerne würde ich diese Zeit verwalten.

Ist er ein Freudiger und macht er mich
glücklich,
möcht` ich ihn umarmen – augenblicklich.

Ein Schmerzlicher, das ist nicht schön,
doch auch diesen muss man so hinnehmen.

Es ist dieses Gefühl nach dem Jetzt und Hier,
er zehrt an den Nerven mitunter über Gebühr.

Er ist so kurz, doch so entscheidend,
er sagt mir ob ich glücklich bin oder leidend.

Ein Bruchteil der Sekunde mich von ihm
trennt,
das ist der entscheidende Moment.

Der Halm

Der Halm an den ich mich klammere,
wenn ich vor Schmerzen jammere.

Er gibt mir Trost in dieser schweren Zeit,
schwelge nun in der Vergangenheit.

Wie schön war es als wir zu zweit,
genossen die Gemeinsamkeit.

Allein steh` ich nun da in diesem Jahr,
ich wünschte alles wird, wie es mal war.

Dein starker Arm gab Halt und Geborgenheit,
es war Verlass auf dich - zu jeder Zeit.

Nun steh ich hier allein auf dieser Welt,
kein starker Arm, der mich jetzt hält.

Ich sehne mich nach dir und unserer Erdenzeit,

gemeinsam waren wir zu allem bereit.

Die Stunden schlagen nun für mich,

mein Lieb`, dann bin ich wieder da für dich.

Die Zeit auf Erden denke ich an unseren
Psalm,

ich halte fest an diesen Halm.

Der Raps

Der Raps blüht gelb,

das Schönste dieser Welt.

Beglückst mich so du farbig Kleid,

du bist so schön und weit.

In der Maienluft,

schwebt dieser ganz besondere Duft.

Die Kraft der Farbe deiner Blüte,

entfacht in meinem Herzen Güte.

Ich kann es kaum in Worte kleiden,

so sehr mag ich deine Blüte leiden.

Heiteres

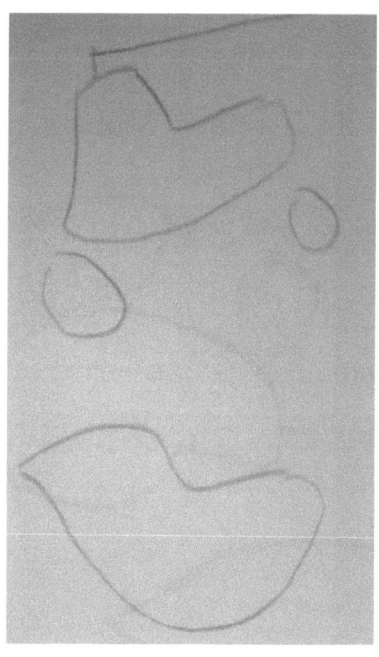

Der Steuerbescheid

Am Jahresanfang ist es wieder soweit,
du hältst alle Belege für die Steuer bereit.

Einige erledigen das Ausfüllen per
PC-Programm,
Andere lassen es machen vom Steuerberater
dann.

Sorgfältig wird er mit Daten gespickt,
elektronisch oder per Post verschickt.

Es beginnt die Zeit des Wartens auf den Bescheid,
bist dir ganz sicher, in sechs Wochen ist es so
weit.

Du weißt genau, es gibt was zurück,
trotzdem fehlt dir dieser Bescheid zu deinem
Glück.

Achtundvierzig Tage rennst du zum
Briefkasten raus,
täglich kommt nur Werbung ins Haus.

Nach sieben Wochen ist es so weit,
du hältst ihn in der Hand, den Steuerbescheid.

Öffnest ihn. Ob die errechnete Erstattung wohl
stimmt?
Der Bescheid wird studiert, das Ergebnis den
Atem dir nimmt.

Nein, keine Nachzahlung, das stimmt dich
froh.
doch der Betrag der Rückzahlung ist gerade -
so.

Dafür hast du das ganze Jahr Belege
gesammelt,
Stunden den Antrag ausgefüllt, nicht
gegammelt.

Den Zeitaufwand für die Rennerei, um nach
der Post zu sehen.

Da wäre es besser gewesen, in den Garten zu
gehen.

Die Schuhsohlen sind ja teurer, als der Betrag,
den ich von der Steuer zu erwarten hab`.

Nichts bringt dich mehr dazu, die Erklärung
abzugeben.
Nie mehr in diesem Leben!

Da kommt er hoch, der innere Schweinehund.
Beim nächsten Mal kannst du es besser
machen, tut er kund.

Bald sitzt du wieder da, füllst die Erklärung
aus – für wahr.

Wirst warten auf die Zeit,
dass er kommt der Steuerbescheid.

Der Held

Er ist cool, groß und stark.
Hält nichts von Anderen, ist autark.

Kann alles allein bewältigen, ist selbstbewusst,
braucht keine Hilfe, ist selbstherrlich mit Genuss.

Selbstverständlich löst er jedes Problem allein,
könnte ohnehin Niemand, das muss so sein.

Schwerwiegendes wird sofort erledigt mit Bravour.
Alles andere sind Kleinigkeiten nur.

Wer könnte es sonst lösen,
Jemand anderes hat den Kopf doch nur zum Dösen.

Er der starke Mann,
muss für Alles und jeden ran.

Und geht es einmal anders aus, als er es sich vorgestellt,
versteht der coole Typ nicht mehr die Welt.

Der Spaß

Er ist ein Schelm, bringt dich zum Lachen.
Mit ihm kannst du lauter schöne Dinge machen.

Dein Bauch wird strapaziert,
der Alltag seine Öd verliert.

Die Freude die er dir bereitet,
dein Herz ganz offen weitet.

Ganz leicht macht er es dir, sei`s beim Lachen,
Reden oder Singen.
Er ist dein Begleiter bei allen schönen Dingen.

Deshalb ist er dein bester Freund im Leben,
der Spaß will dir nur Freude geben.

Der Computerfreak

Kaum habe ich die Klinke in der Hand,
kommt schon der Herr des Zimmers gerannt.

Was störst du jetzt schon wieder,
der Level ist verloren, beinahe wäre ich Sieger.

Es ist egal, dass die Hausaufgaben rufen,
er ist besessen von den verschiedenen
Level-Stufen.

Außerdem ist man modern,
bearbeitet seine Aufgaben am PC heut` gern.

Den Stick ins Laufwerk nun gesteckt,
schnell vorher noch die Mails gecheckt.

Jetzt geht es los, ins All der Elektronikwelt.

Das Gesicht strahlt, ist ganz aufgehellt.

Das Zimmer eher dem Chaos gleicht,

wird noch kurz eine Freundschaftsanfrage ein-

gereicht.

Kurz das Thema Aufräumen angesprochen,

lässt er die Antwort offen.

Versunken nun in seiner Welt,

sich noch schnell bei mir sein Getränk

bestellt.

Und während ich mich umdrehte, weg vom

Computerfreak,

kam dieses „ Mutti, ich hab` dich lieb`".

Der Enkelsohn

Glück will ich dir geben,

mein Herz soll für dich beben,

Geborgenheit sollst du empfangen,

meine Ängste für dich bangen,

meine Liebe tief ganz innerlich,

mein Enkelsohn, ich liebe dich.

Der Hausfrau Traum

Oft verspottet und verhöhnt,
als Hausfrau daran gewöhnt.

Du leistest nichts, bist gar nichts wert,
stehst ohnehin nur am Küchenherd.

Du kochst, putzt und hegst den Garten,
du hast ja sowieso nichts zu erwarten.

Kannst nicht von den Kollegen erzählen,
allenfalls aus Bügeln und Einkauf wählen.

Hast du Verlangen nach Urlaub und Vergnügen,
stößt dies auf Unverständnis bei deinen Lieben.

Du hast doch ohnehin nichts zu tun,
kannst täglich auf der Couch ausruhen.

Musst nicht managen, entscheiden, trägst nicht
Verantwortung für die Planung,
du hast von Allem keine Ahnung.

Weißt nicht wie Arbeiten richtig geht,
doch insgeheim, die Hausfrau andere Neigungen
erwägt.

Sich bildet heimlich am Computer - für wahr,
verschlingt das neue Vokabular.

Im Fernkurs das Studium absolviert
und den Haushalt ganz nebenbei dann führt.

Sie managt, entscheidet und trägt die Verantwortung.
So führt dies zur Beantwortung.

Die Hausfrau ist daran gewöhnt,
dass sie wird verspottet und verhöhnt.

Der Hausfrau Traum ist eigener Lebensraum.

Der Hitzeschwall

Ganz plötzlich und unerwartet,
er seinen Angriff startet.

Grad geht's dir gut, bist ausgeglichen,
da kommt er unvermutet angeschlichen.

Von unten kriecht er langsam hoch,
wird stärker, wie ein Sog.

Er zieht durch deinen Körper Bahnen,
als ob er dich will warnen.

Verhindern kannst du es jetzt nicht,
gleich sieht man es auf deinem Gesicht.

Du schwitzt jetzt überall,
er überkommt dich jetzt, der Hitzeschwall.

Der Campingfreund

Die Vorfreude macht sich in dir breit,
jetzt beginnt sie wieder, die Campingzeit.

Die Pacht bezahlt für die Saison,
ach - wie ist die Zeit verronnen.

Das Auto vollgepackt mit allen Utensilien,
vom Klopapier bis zu den Sommerdahlien.

Zuerst einmal zu den Campingnachbarn
schauen, bevor wir unser eigenes
aufbauen.

Die sind schon vor uns fertig, wie jedes Jahr,
nun möchten sie uns helfen, ist doch klar.

Jetzt wird der Untergrund inspiziert,
ob er noch gerade ist, so wie es sich gehört.

Oh je, eine Platte gibt nach,
daraufhin wird gleich unser Gegenüber
hellwach.

Straks ist er da mit Kies und Wasserwaage,
zeigt uns wie man es richtig macht, Lage für
Lage.

Das Gestänge, welches man hatte sorgfältig
vorsortiert,
wird jetzt von allen gemeinsam montiert.

Nun passt es hier und dort nicht mehr,
darum muss von schräg gegenüber noch eine
neue Stange her.

Das Dach wird in den Keder geschoben,
da wird auch schon von hinten gezogen.

Der Keder reißt ab, es klafft ein Loch.
Du musst es nähen lassen, das schaffst du
noch!

Die haben noch auf bis halb vier,
bis dahin bleiben wir noch alle hier.

Was lohnt es sich da aufzuregen,
sie möchten etwas ruhen und sich auf die
Liege legen.

Es ist vollbracht, der Keder fast wie neu,
jetzt kann es weiter gehen, ach wie ich mich
freu`.

Alle sind noch da, nur sind sie nicht mehr fit,
darum machen wir es nun alleine und
Niemand hilft mehr mit.

Egal, spät abends ist es fertig, schnell wird
noch eingeräumt,
der Campingfreund heut` Nacht von seinem
Urlaub träumt.

Menschliches

Der Stress

Ich komme kaum zur Ruh`, nervös und
abgespannt.

Schnell eingekauft, raus aus dem Auto komme
ich angerannt.

Die Familie erwartet mich und mein
Abendprogramm.

Soll fröhlich, glücklich und unterhaltend sein
für alle Mann`.

Wie sieht es aber aus in mir?
Denke alles soll zum Besten sein für uns vier.

Was ist das nur, was nicht von mir lässt,
ich glaube - es ist der Stress.

Der Neid

Der Neid überkommt dich schon,
wenn du merkst des Anderen Hohn.

Er begleitet dich mit einer List,
es wurmt dich - bis du neidisch bist.

Er kitzelt an den Nerven, ist gemein,
versucht schlecht zu machen dein.

Warum hast und bist du nicht mehr,
warum ist deine Börse leer?

Warum kannst du es dir nicht leisten?
Willst alles haben wie die Meisten.

Die sind so glücklich und beliebt,
du dagegen auch mit Wenigen vergnügt.

Du hast die innere Ruhe gefunden,
die Liebe steht auf dem Fuße des Gesunden.

Zufriedenheit begleitet dich,
da denkt ein Anderer sich.

Der Neid überkommt mich schon, wenn ich
merke vom Anderen Hohn.

Der Sport

Warum soll ich das Essen meiden,
muss ich dann wirklich eher von dieser Erde
scheiden?

Wer ist es der bestimmt,
mir die Lebensfreude nimmt?

Was soll ich favorisieren,
um mich mit meiner Figur nicht zu blamieren?

Wieso soll ich am Gemüse nagen,
wenn Fleisch will mein Magen?

Wie steht es mit dem Getränkekonsum,
hat der Magen damit genug zu tun?

Weshalb macht Schokolade rund,

obwohl es Geistesblitze tut kund?

Ist es nicht so, das Jedermann,

soviel essen sollte wie er kann?

Hält er sich fit mit Sport,

ist auch die Lebensfreude nicht mehr fort.

Der Herbst

Der Herbst ist grau, hell, bunt mit
Sonnenschein.
Regen, Sturm, Sonne so soll er sein.

Der Wald verliert sein grünes Kleid.
Bald bist du dieses, grau in grau, dann leid.

Der Herbst beginnt dann auch im Herzen,
Symptome treten auf, wie Gliederschmerzen.

Ganz langsam dämmert`s dir,
die Jahre verursachen das Reißen hier.

Vor Augen führst du dir, er ist schon da,
der Herbst an Jahren - für wahr.

Regen ist das nachlassende Augenlicht,

Sturm für Glieder, die funktionieren nicht.

Sonne ist die Freude deines Herzens,

lassen dich vergessen, deine Schmerzen.

Das Leben im Herbst ist grau, hell, bunt mit
Sonnenschein.

Regen, Sturm, Sonne so soll es sein.

Der Strahl

Der erste Strahl berührt mich warm,

setze mich in die Frühlingsonne,

nachdem ich das Gartengestühl aus der Hütte nahm,

empfange ich dieses wohlige Gefühl mit Wonne.

Die Gedanken fliegen durch die laue Luft,

in der Sonnenfreude baden,

der Blüten und Früchte Duft,

mich am Eis erlaben.

Da merke ich mittendrin,

es schaudert mich, wird kühl,

vielleicht zu luftig angezogen bin,

hatte nur das Sonnenglücksgefühl.

Es ist der erste Frühlingsstrahl,

der auf die Haut die Wärme bringt,

kein Sommer, die Bäume kahl,

der Frühling noch um Gradzahlen ringt.

Der Baum

Wie wichtig ist der Baum,

erhält er uns doch den Lebensraum.

Er nimmt den Schadstoff aus der Luft,

reinigt sie so, gibt zugleich ab einen herrlichen Duft.

Er wirft uns einen Schatten,

nimmt die Wärme, die wir eben hatten.

Schlägt die Blätterkrone über unser Haupt,

nimmt die Hitze, die uns die Sinne raubt.

.

Im Frühling uns das junge Grün erfreut,

im Sommer uns der Schatten schützt,

im Herbst die bunten Blätter fallen,

im Winter uns wärmt die Hallen.

Er spendet Futter für die Tiere,

gibt uns das Holz damit man nicht erfriere.

Das Mobiliar wird auch aus ihm gemacht,

da hat sich die Natur was bei gedacht.

Den Jahreszeiten nach belieben,

will sich sein Blattwerk fügen.

So wichtig ist der Baum,

erhält er uns doch den Lebensraum.

Der See ist kalt

Der See ist kalt, die Temperaturen nieder,
jetzt treffen sich alle wieder.
Nun ist es wieder soweit,
der Herbst ist da und alle sind bereit.

Die kleine Zierliche, die Große mit den
braunen Haaren,
eigentliche alle, die auch letztes Jahr da waren.
Ein Jeder will der Erste sein,
steckt seine Münzen in den Schlitz hinein.

Die Kleidung schnell vom Laib in der Kabine,
man fühlt sich wie ´ne Ölsardine.
Die Sachen in den Spind gepackt,
da stellst du fest, es ist zu voll und das ist Fakt.

Fix von oben das kühle Nass,
um dann ohne Unterlass,
hinein, ins Fünfbahnbecken um zu
schwimmen,
doch dieses erinnert eher an Ringen.

Die Rückenschwimmerin, der Krauler,
die Pensionisten und der ewige Mauler.
Alle wollen ihre Bahn verteidigen,
mitunter auch die Leute beleidigen.

Hier bin ich, denkt ein Jeder sich
und diese Bahn, die ist für mich.
Rechts die Hüfte geknufft, den Fuß von links
sehe ich nahen,
kurz das Knie gestupst, ziehe ich meine
Bahnen.

Dann kommen noch die Kinder,
das stimmt nicht Jedermann minder.
Sie toben fröhlich herum
und springen vom Turm.

Das Wasser spritzt, die Wellen wogen,
dann sind die Bahnen fertig gezogen.
Ich hab` mein Tagwerk getan,
waren es heute wieder vierzig Bahnen.
Im Zickzack geschwommen,
die Zeit genommen.

Sich wieder über die Querschwimmer
aufgeregt,
wird jetzt meine Dusche belegt.

Hier stehe ich allein, voll entspannt,
komme Morgen mit all` den Anderen wieder
gerannt.
Denn, der See ist kalt, die Temperaturen nieder,
nun treffen sich Alle wieder.

Der Sonnenbrand

Ich liege hier auf dem Balkon,

beginne mich in Ruhe zu sonnen.

Mit Sonnencreme eingeschmiert,

lass ich mich bräunen, ganz ungeniert.

Von allen Seiten gleich gebräunt,

dabei bin ich eingeschlafen, habe wohl

geträumt.

Als ich erwachte aus dem Traum,

bemerkte ich es kaum.

Doch als ich wieder dachte mit Verstand,

bemerkte ich den Sonnenbrand.

Ich liege hier auf dem Balkon, und werde mich

heut` wohl nicht mehr sonnen.

Der Blick

Ganz gelöst sitzt er auf dem Gefährt,
das hier, ist ein Urlaubstag wert.

Eins links, eins rechts, tritt er mit seinen
Beinen ganz leicht,
die Gänge eingelegt hinein ins schöne grüne
Reich.

Die Hände umfassen den Lenker, die Elle
daraufgelegt,
wird durch die Landschaft geradelt unentwegt.

Genießt den Tritt ins Pedal mit sanfter Kraft,
bis er den Berg hinauf nicht mehr schafft.

Hier wird es schwerer, trotz der vielen Gänge,
bemerkte vorher nicht die steilen Hänge.

Verschwitzt, erschöpft und ausgebrannt,
erfreut er sich am Panorama, ist gebannt.

Der Blick von hier ganz oben,
dafür lohnt es sich hierauf zu toben.

Flugs abwärts nun ins Tal,
erwartet ihn ein gutes Mahl.

Der Sitznachbar

Vor mir steigt er ein, in den Bus,
geht fast nach ganz hinten, bis zum Schluss.
Nimmt seinen Platz nun ein,
das Gepäcknetz ist selbstverständlich sein.

Er zieht die Jacke aus, die Fahrt währt lange.
Ich gerade noch seine Zeitung abfange.
Die Verpflegungstasche, mit Wasser und Obst
wird ausgepackt und sortiert.
Dabei erzählt er mir, dass er friert.

Die Lektüre verstaut, nebenher wird der Sitznachbar begrüßt. Gleich nach dem Öffnen der
Wasserflasche, diese sich über diesen ergießt.

Das Brot aus der Alufolie umständlich ausgepackt, dazu Obst, welches der Sitznachbar
gleich darauf auf der Hose hat.

Er entschuldigt sich, erzählt von seiner Fahrt,
Beruf und Familie.
Die Fahrt nähert sich zum Glück allmählich
dem Ziele.

Freundlich packt er wieder ein die Reste,
lobt seinen Mitfahrer, er sei bisher der Beste.
Da steigt sogleich der nächste Sitznachbar ein,
ich hoffe, dieser lässt die Kommunikation sein.

Der Urlaub

Ich rufe: "Nur noch schnell das Fenster
schließen"!
Dann kann es losgehen, den Urlaub genießen.

Ich nehme die Handtasche in die linke Hand,
den Koffer rechts und komme zum Auto
gerannt.

Die Sachen hinten im Kofferraum verstaut,
damit nichts die Sicht verbaut.

Der Check-In beginnt in einer Stunde, wir
drehen auf dem Parkplatz die dritte Runde.

Nachdem der Stellplatz gefunden, das Ticket
gezogen,
packen wir unser Gepäck auf den Trolley und
fahren auf Gate drei ganz oben.

Beim Einchecken stellen wir fest,
bis hierher war es nur Stress.

Mit den Gedanken schon am Urlaubsziel,
wird festgestellt, der Flug ist überbucht, zwei
sind zu viel.

Ratet mal, wer mag`s wohl sein?
Was ihr denkt – ist gemein!

Vier Stunden später sitzen auch wir in der
Maschine.
Machen zu bösem Spiel gute Miene.

Abends am Ziel angekommen,
werden wir freundlich in Empfang genommen.

Glücklich den Cocktail, die Musik und den
Tanz am Abend genießen.
Mein Schatz vor dem Zubettgehen zurufen:
"Bitte, die Fenster schließen"!

Ich glaub` - das ist Urlaub.

Der innere Schweinehund

Ich stehe davor, soll diese Sache durchführen.

Im Innersten ist keine Lust zu verspüren.

Das geht doch schnell und einfach denke ich mir.

Nur zu, aber es kommt gar kein Gefühl der Gier.

Ich bereite mich erstmal mental darauf vor,

überlege - ich bin müde - haue ich mich nochmal auf` s Ohr?

Nein, das ist doch ruck zuck gemacht,

reiß dich zusammen, das ist zu schaffen, wäre doch gelacht.

Erstmal angefangen, ist die Arbeit doch nur Minutensache.

Doch, dann überlege ich nochmal - ob ich auch alles richtig mache.

Im Geiste alles noch einmal durchgeplant,

von der Vorbereitung, der Durchführung und
den Erfolg benannt.

Jetzt kann ich mit der Aufgabe beginnen,

mich auf den Kern besinnen.

Da ist plötzlich ein leichter Druck zu spüren,

ich sollte doch besser auf meine Blase hören.

Bevor ich langsamen Schrittes erreiche das
WC,

das Telefon klingelt, an welches ich sofort
geh`.

Es ist nichts Wichtiges, doch ich habe noch etwas Zeit,

bin natürlich zum Zuhören bereit.

Ach, was war denn noch, bevor ich anfangen
wollte,

etwas Wichtiges erledigt werden sollte.

Naja, mir fällt es partout nicht mehr ein,

wird wohl nicht so dringend gewesen sein.

So, jetzt geht es los, wurde lange genug

abgehalten.

Was denken die Anderen sich bloß. Ich lasse
jetzt meine Arbeitskraft walten.

Verstehe gar nicht, dass Andere erst überwin-
den müssen ihren inneren Schweinehund.

Bei mir geht es immer gleich rund.

Der Druck

Er kann mir auf der Seele liegen.
Stets sage ich mir: „ Lass dich nicht unter krie-
gen"!

Es kreisen die Gedanken nur um ihn,
wird er zu groß, kann ich es nicht versteh `n.

Er löst Unruhe in mir aus,
will ihn loswerden, er soll raus.

Er lähmt in mir die Kraft und den Elan,
verstehe die Welt nicht. Hab` doch nichts
getan.

Warum muss ich diese Last ertragen,
kann Niemanden nach Erlösung fragen.

Unerträglich drückt er mich nieder,
ich schaue zurück - immer wieder.

Da steigt der Zweifel in mir hoch und der Gedanke,
dass ich nur mit mir selber wanke.

Den Druck baue ich mir selber auf,
künftig lasse ich den Dingen ihren Lauf.

Der Wille

Eisern wirst du genannt,

man führt dich aus mit eiserner Hand.

Fest sollst du sein,

egal wie hoch die Pein.

Nicht locker lassen soll ich dich,

es ist sehr anstrengend für mich.

Dir folgen ohne zu fragen,

ein Risiko wagen.

Nachlassen auf gar keinen Fall,

er rollt dich wie einen Ball.

Das Ziel hält er wie einen Spiegel vor,

erreichen musst du es nur.

Es ist, als ob du schaust durch eine Brille,

so ist er, der starke Wille.

Der Grill

Die Sonne scheint, der Tag war schön,
so soll er auch zu Ende geh` n.

Auf die Terrasse wird der Grill gestellt,
ein gutes Gerät für viel Geld.

Das Gitter noch ganz neu, noch nicht verkohlt.
Die Kohle wird aus dem Keller geholt.

Jetzt wird sie angezündet, leicht mit dem Papp-
teller gewedelt.
Da kommt auch schon der Papierflieger von
den Kindern gesegelt.

Genau, wie sollt` es anders sein,
mitten in die Kohle rein.

Schnell ist er dann verglüht,

Papa sich um das Fleisch bemüht.

Schon gestern wurde es gut mariniert,

damit heute ja nichts passiert.

Die Vorfreude ist groß, der Salat kommt schon
mal auf den Tisch,

hat Mutti vorhin gemacht, ganz frisch.

Das Grillgut wird vom Grillmeister schon einmal vorgeschmeckt.

Alle anderen halfen und haben den Tisch mit
eingedeckt.

Lecker! Gleich ist es so weit,

die ganze Familie ist für das Grillmenü bereit.

Die Getränke, Ketchup und Mayo, alles steht parat,

da macht Papa mit der ersten Wurst einen Spa-gat.

Benno, unser Hund, vor Freunde zwischen
Papas Beine springt,

der nun wiederrum mit der Stuhllehne ringt.

Die Erdanziehung gewinnt, es war nicht so ge-wollt,

aber die Wurst direkt auf Benno zu rollt.

Dieser schnappt natürlich gleich zu,

egal – jetzt essen wir in Ruh`.

Da hören wir ein leichtes Klopfen,

gemeinsam schauen wir nach oben, bemerken
die Regentropfen.

Frei sein heißt,

dass du dir das Denken nicht verbieten lässt.

Ich, Heidemarie Kunze wurde 1955 in Kiel geboren.

Heute lebe ich im Weimar des Nordens, in der schönen Rosenstadt Eutin.

Das Schreiben von Texten gibt mir zu jeder Zeit einen Ausgleich und bereitet mir eine Gedankenreise in die Welt der Sinne.

MIX
Papier | Fördert
gute Waldnutzung
FSC® C083411

Zeitfracht Medien GmbH
Ferdinand-Jühlke-Straße 7
99095 Erfurt, Deutschland
produktsicherheit@kolibri360.de